歌集

走錨《そうべう》の令和

小堀 邦夫

梅田出版

もくじ

走錨《そうべう》の令和　39

狐の嫁入り虎が雨

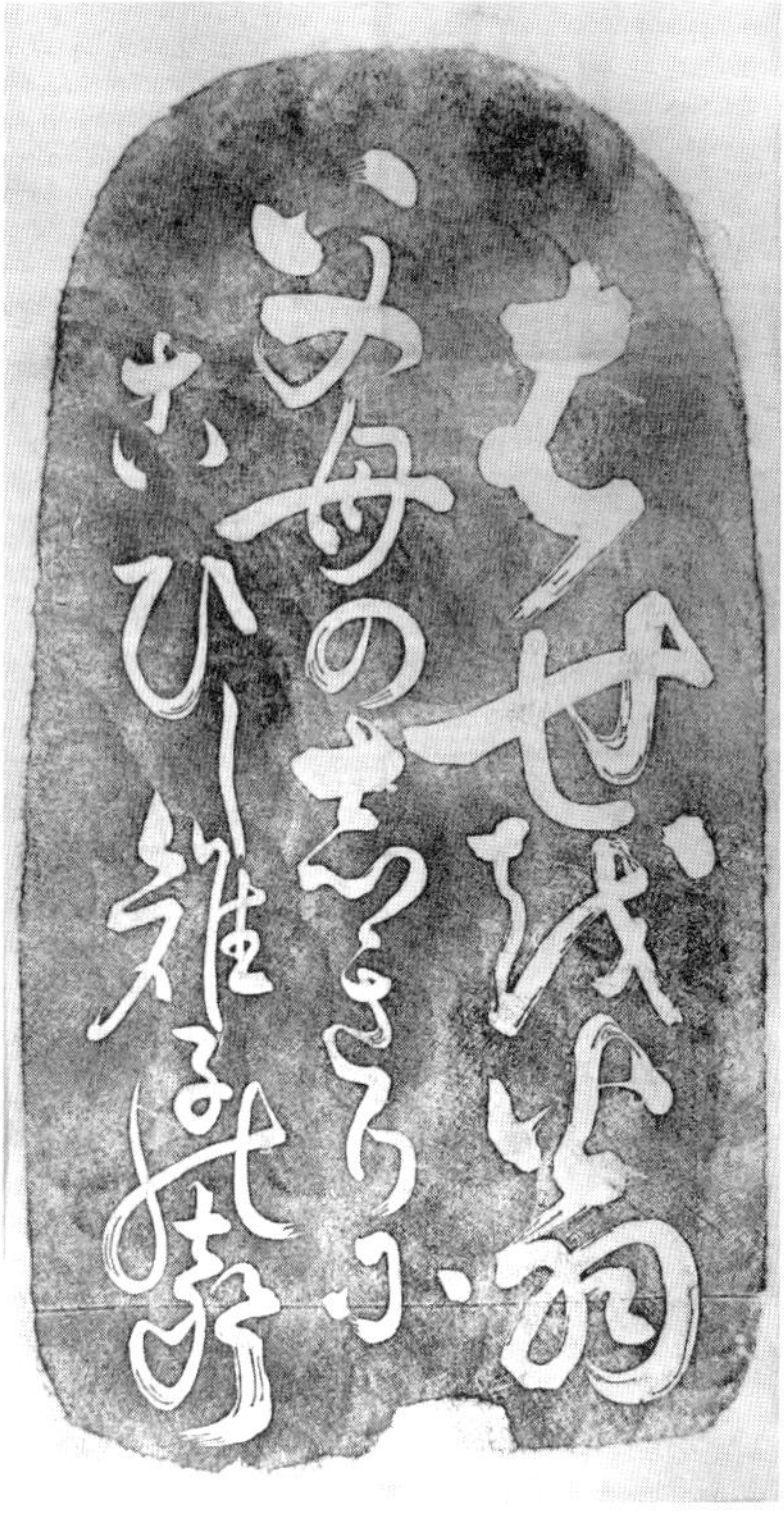

【前ページの写真】

和歌山県・高野山奥の院にある松尾芭蕉（まつをばせを）の句碑、池大雅《いけたいが》書、拓本。

ばせを翁　　父母のしきりに恋ひし雉（きじ）の声

東天西天

青空に浮かぶ三日月、遠き世の春の便りを運びくる舟

耐へがたきこととまでには思はねど、空へつぶやく繰り言もあり

窓を開け君ますかたの森見れば、さやけくかかる有明《ありあけ》の月

星空に冴《さ》ゆる三日月、縄文も弥生も同じ深き静けさ

ニャロメの目のごときかも、十三夜のこころの奥に射《さ》せる月影

真夜中に天井をぬけ空をぬけ、宇宙に泳ぐ夢のうれしき

降りしきる雨の上には雲があり、雲の上には照るやスーパームーン

あり余る財を誇れる人々が仰ぐみ空の青は、同じか

一月の雲の合間の空の青、そのうるはしきに研《と》ぐか怒りを

あかあかと心にしみる夕日影《ゆふひかげ》、椿のつぼみ数へて暮るる

如月《きさらぎ》の手持ちぶさたの真昼間の、空ゆく雲に遊ぶたのしさ

ひさびさに空の青きを眺めたり、生きがたき日もありきと言はず

阪神・淡路大震災

炭をつぐ仮設テントを打つ雨に、いつしか春と思ふ被災地

三月のプールに浮かぶ水紋を、いくつ数へて悲しみは止む

母の名を書き記《しる》したる連絡先のメモはこぼたる、そぼ降る雨に

父死亡と書き避難先の小学校を示す母子らに、三月が過ぐ

卒業の人らを送ると練習する歌声ばかり、校舎とよもす

たそがれの空ゆく雲のいづくより降りくる雨か、被災地の春

どうぞ傘をお持ち下さいと言へども、どうせ屋敷はびしょぬれと答ふ

年経りし白梅の花咲き匂ひ、人声は満つ仮設浴場に

簡易シャワーの順番を待つ乙女らの、髪をすきゆく三月の風

ボランティアの人らに別れ、何事もなきが如きの日常へ帰る

まごころはいづくにもあり、若きらにかく教はりぬボランティアの地

如在之禮《まつり》

提灯《ちゃうちん》の明かりたよりに神々の森を巡れば、月差しのぼる

白石《しらいし》の凍てたる音を浅沓《あさぐつ》に聴きつつ行けば、朝焼けの空

人々のあまたの願ひ取り持ちてやや疲れたり、曇り空見る

途切れなき人の流れの中に聴く、わが足音のありやなしやを

雨上がり森は光りて、人々の歓声満つる宇治橋の上

草陰《くさかげ》に虫の音満つる宇治橋を、渡りて仰ぐ満天の星

牛谷坂《うしたにざか》

上弦の月影寒き牛谷《うしたに》の坂にかをれる、水仙の花

毎日の決まりのごとく牛谷《うしたに》の坂をのぼりて、会へる野良猫

朝まだき牛谷《うしたに》坂を下らむとひとり眺めき、花の盛りを

思ふこと千々に乱れて登りゆく、坂の上なる花の静けさ

今日《けふ》一日《ひとひ》つとめを終へぬ、返り見る坂のをちこち花は舞ひ初む

どんよりと曇れる空の底ひなる、かそけき光《かげ》に君を思へり

間《あひ》の山に野分《のわき》吹くかと聴きゐしも、雨止むのちの冬の風音

春花春水

明かり消し薄き布団にくるまりてはつかに聴きぬ、春の雨音

雨上がり軒端のしづくおだやかに土打つ音よ、雛鳥《ひなどり》の鳴く

こころには闇も光りも綯《な》ひ交《ま》ぜに、あるがいのちを生くるちからか

窓をほそく開きて眺む暗闇にしとど降る雨、殺意流せと

なすこともなさねばならぬこともまた、なべて忘るる春雨の道

桜木の枯れ葉ふたひらもみぢして、春待ちかぬと風に揺れゐる

誰がつけしさぶしき名なる侘助《わびすけ》の明日は咲くかも、君待ちかねて

唐梅《からうめ》の風に揺れつつ香り立つ朝戸出《あさとで》うれし、君生《あ》れし日の

水仙に行って来ますと告ぐ朝の、すがすがしきを犬は笑へり

ばかなことあほらしきこと繰り返し、これの一世《ひとよ》を生きるたのしさ

川面には春のさざ波かがやきぬ、渡り鳥去る殺意の三月

たうたうと木曽三川《きそさんせん》は流れゆく、かもめ群れ飛ぶ葦原《あしはら》の風

朝日影《あさひかげ》ただきす道を二人して行きてながめむ、山桜花

敷島《しきしま》の大和《やまと》の国と称《たた》へたる、金刺《かなさし》の宮に舞ふ桜花

切原にて

五十《い》鈴《すず》川瀬音高くも流れゐて、白き梅が香満てる切原
人影の絶えたる里の日溜りの、遠目に見ゆる桃の花々

豊壽豊祝
ほうじゅほうしゅく

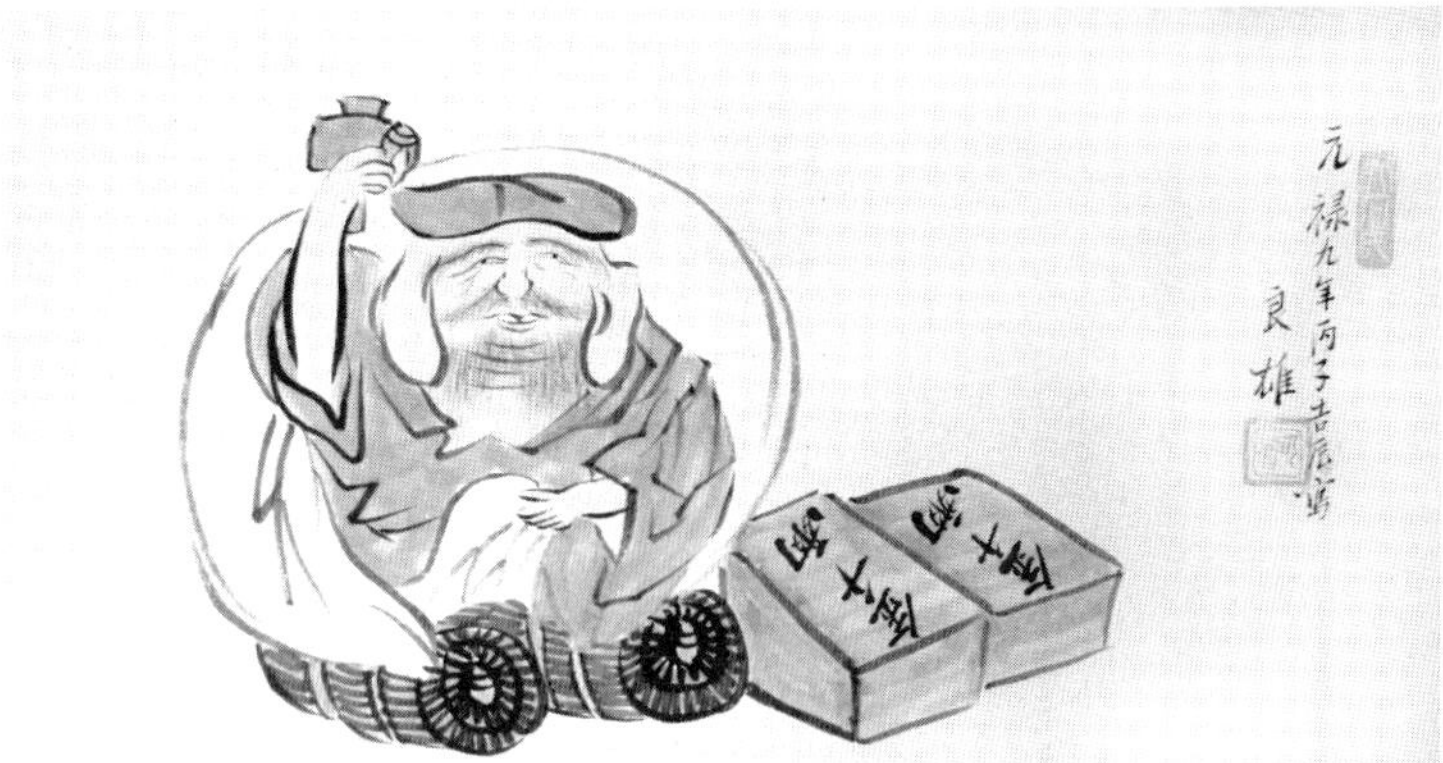

【前ページの写真】

大石内蔵助（おほいしくらのすけ）が描いた「大黒（だいこく）様」

祝酒薦酒《しゅくしゅせんしゅ》

願ふこと成らぬことども繁けれど、また明日あると今は酌《く》む酒

涎《よだ》りさへこぼるるほどのたたき食《た》ぶ夢を見たしと、飲むが寝酒《ねざけ》か

ひそかにも梅酒は飲まむ、われひとり夜を明かすとは守宮《やもり》も知らず

次々とあらぬ考へよぎりくる、頭蓋《づがい》の中は酒か邪念か

飲み過ぎを罪と思はね、これの世の重きに耐へて生きて来つれば

月影の明るき夜半《よは》を何酌《く》みて君は居たまふ、なりたや風に

わびしきはナイトキャップのスコッチの、３０ｃｃなき部屋の寒さか

さまざまな重荷を背負ひ酔ひにけり、夕暮れせまる花巻空港

縄文の赤漆色《あかうるしいろ》、新潟の生《なま》のかんずりは調味の長《をさ》か

南蛮《なんばん》を深雪《みゆき》に晒《さら》し醸《かも》したる、かんずり嘗《な》めて酌《く》む越後酒《ゑちござけ》

花に酔へ酒に酔へとや、うららかな岸辺を渡る風の声聴く

薬売のなまりさておき富山には、鮎《あゆ》の潤香《うるか》が酒の妙薬

数々の塩辛あれど、大関は富山の鮎の潤香《うるか》と称《たた》ふ

小骨《こぼね》刺す鱓《うつぼ》の干物あぶりては、酒に流せり脂《あぶら》の濃きを

日縦日横《ひのたてひのよこし》

冷や飯の味の分からぬ和食通、食を断つべしせめて三日は

おほかたの魚《うを》は素焼《すや》きを食べるべし、鋭《と》き鷹《たか》の爪薄口醤油にて

かぐはしきかをり秘めたるくだものは、梅雨晴れ待ちて切るがたのしみ

鮒鮨《ふなずし》に鯖《さば》の熟鮨《なれずし》鮎《あゆ》の鮨、饐《す》えたるものの味の妙《たへ》なる

ひととせに三度《みたび》買ふべし、佐賀人《さがびと》の作る蟹漬《がにづ》け口に疼《ひび》けり

たひ、ひらめ、めいたかれひにおこぜ、はも、白身の魚《うを》の淡き味はひ

瀬戸の海の車海老《くるまえび》こそ忘られね、蒸して甘きが焼きてなほよし

冷水《ひやみづ》にひたせば開く伊勢海老の、白き身の花誰と分かたむ

蝿《はへ》多き大地の恵みホルモンの熱きを友よ、競ひ食ふべし

鍋物はこんなものかと杯《さかづき》を乾《ほ》してつまみし、燻《いぶ》りがっこ憎し

伊勢志摩《しま》の磯浦《いそわ》に生《お》ふる荒蛎《あらがき》の、味はひ深き如月《きさらぎ》の末

筑後川《ちくごがは》の鱭魚《ゐつ》

筑後川流れゆたけき初夏《はつなつ》の、風運び来る鱭魚《ゐつ》や蟶《あげまき》
藁素坊《わらすぼ》に鱭魚《ゐつ》に穴蝦蛄《あなしゃこ》、ここだくの海幸《うみさち》に添ふ御酒《みき》の甘さよ
刺し網を上ぐれば踊る鱭魚《ゐつ》や鱭魚《ゐつ》、急ぎ作れる刺身に泣くか

舟浮かべ瀬音風音心地よく、鱖魚《ゐつ》を肴《さかな》に酌《く》む御酒《みき》尽きず

新潟「金とみ」を詠《よ》む

清むとや村時雨《むらしぐれ》降る時の間に、見しは昔の面影の人

沖縄の角萬漆器《かくまんしっき》

この黒き器の底に何かしら、心安らぐ思ひ沈めり

ぬばたまの黒き器のやはらかく時を抱きけり、角萬《かくまん》の技

不作法と思へど今宵酒をつぐ黒き器の、大らかさかも

夕景色朝景色

まつたけもふくも食へずに新玉《あらたま》の年を迎うと、慈姑《くわゐ》煮る夜半《よは》

湯掻《ゆが》きたる亀の手うまし、海の潮《しほ》岩場の風を運びくる味

亀の手を古くは瀬《せ》と言ふ、伊勢にては神に供へし珍しきもの

大海を悠々泳ぎ育ちたる翻車魚《まんばう》煮《た》きし、葱《ねぎ》の甘さよ

気仙沼の翻車魚《まんばう》白く作りたる人の情に、吹きく潮風

冬の間に太りし海の幸《さち》を食べ、よろこぶわれもやがてまぐろか

鯖《さば》鰯《いわし》糠《ぬか》に漬《つ》け来し越人《こしびと》の、雪より深き味はひを賞《め》づ

紀伊人《きいびと》のわれもうなりし、御食《みけ》つ国若狭《わかさ》の手足《てだれ》が生《う》みし梅干

この淡く白き作り身、青々と澄む瀬戸内に育ちたる鯛《たひ》

梅雨入りの疲れ重なる日々なれど、安房《あは》の国なる枇杷《びは》のすずしき

生《なま》ぬるき香川の風の心地よさ、うどんのはしごに我も連れゆけ

けふひとひ大汗かきて遊び来し子らよ集れ、西瓜《すいくわ》冷えたり

ま二つに割ればすずしきかをり立つ姉崎西瓜《すいくわ》、子らよ構へよ

富有《ふいう》に、筆、次郎、鉄砲と数へては渋味の残る蓮台寺《れんだいじ》を食ぶ

走錨の令和

中天富嶽千秋雪
東海金波旭影浮
休説區々風物美
地靈人傑北神州

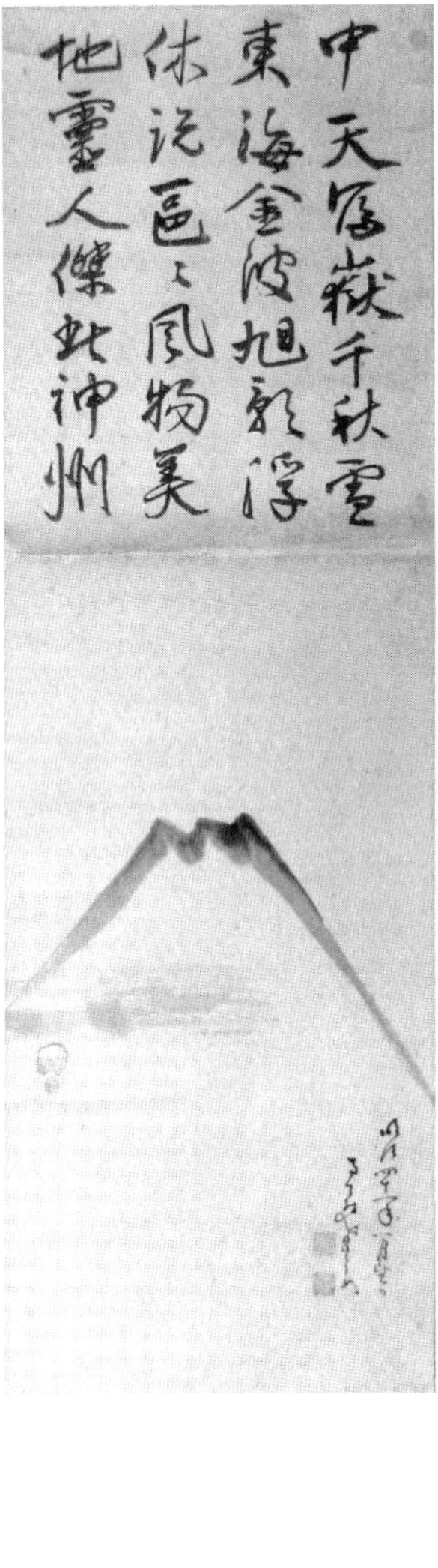

【前ページの写真】

乃木希典（のぎまれすけ）筆、中原南天棒（なかはらなんてんぼう）が描いた「富嶽（ふがく）図」の讃。

中天の富嶽に千秋の雪
東海の金波に旭影（きょくえい）浮かぶ
説くを休（や）めよ區々（くく）の風物の美を
地靈人傑（ちれいじんけつ）此（こ）れ神州

改年奏瑞《かいねんそうずゐ》

三條西季知《さんでうにしすゑとも》卿詠

君よ君、よくみそなはせ、富士の嶺《ね》は国の鎮《しづ》めの山といふなり

『明治天皇紀』明治元年十月七日条に「富士山の勝景を望みたまふ、富士の天覧に入る、蓋《けだ》し古来未曽有の事」とある。

大君の江戸へ遷都の旅ゆきに見たまふ富士は、けふの大富士

維新より百五十年経て亡びたる、国に殉ずる大義や忠義

個人といふ近代人の病ひをば肯定されし、「お言葉」のビデオ

平成に禍《わざは》ひ多く起きたるは、御霊祭《みたままつ》りの怠《おこた》りにあるか

新しき元号の御代《みよ》は幾百万の、人柱すら忘らえてゆく

新しき元号の御代に亡びゆく忠義に道義、はた独立自存

日の本の国の礎《いしずゑ》築き来し忠義失せゆく、令和元年

忠不忠その境目《さかひめ》を分《わ》く心、失《う》せゆく時世《ときよ》始まりにけり

日本のアウシュヴィッツ

大君の「頻《シキリ》ニ無辜《ムコ》ヲ殺傷《サッシャウ》シ」と詔《の》らせるは、わが国のアウシュヴィッツのこと

わが国のアウシュヴィッツはヒロシマとナガサキに加へ、空襲被災地なりき

原子爆弾を投下されし地、日本のアウシュヴィッツと語り継ぐべし

八月六日《はづきむいか》八月九日《はづきここぬか》、日本のホロコースト日《び》を我は忘れじ

無差別に一般市民を大量に殺戮《さつりく》せしが、日本大空襲

原爆の悲惨を語る相手こそアメリカ人ならで、他《ほか》にあらうか

真夏日にかすむ海原、何ゆゑに立ちつくしゐる枯れ松のごと

いつしかに夏は終はりぬ、朝顔のうす色水の澄みとほる朝

雨音のかそけき道に鳴く虫の、声さへ明日を生きよと告ぐか

拉致の大罪

改元やオリンピックの大波にさらはれてゆく、拉致被害者は

大震災に死せる被災者しのぶとき、未帰還の拉致被害者に泣く

靖國《やすくに》の神のやしろに詣《まう》でざる人ら忘るか、拉致被害者を

満員の列車の中に拉致されし人らの上を、思ふ苦しさ

一日の仕事を終へて仰ぐ空、拉致被害者の無事を祈りて

子供らがうたた寝をする夜はふけぬ、北鮮に向かいてひとり涙する

ただ今の声を待ちあぐむ遺族らは、拉致被害者の家族に泣きぬ

拉致されし人らと同じ、靖國《やすくに》の神霊《みたま》もいつか忘られてゆくか

靖國《やすくに》の森

ほがらかな声の響ける靖國《やすくに》のやしろの庭に、春はたけゆく

国のため命捧げし人々を祭らで国の、道義《みち》は生まれじ

大君はつひに出でますこともなく、大鳥居のもと人影もなし

大君のいでましなくば神霊《みたま》らの、悲しみ癒ゆる日は来ざりけり

ボランティアを義勇兵とや和訳せば、向かふかなたは靖國《やすくに》の森

戦病死し靖國《やすくに》の神と祭らるる伯父に告げむか、君詣《まう》でたまはずと

カロリン湾に水葬されし伯父哀し、妻と子二人永久《とは》に離《さか》れば

カロリン湾ははるけく遠し祭日《さいじつ》は、昭和二十一年二月二十二日なり

ぬくぬくと虚偽虚構に太る者を、いかに見たまうか靖國《やすくに》の神は

靖國《やすくに》の日々の祭りに唱へざる名は、二百万人余《よ》と知るが悲しき

ヒロシマやナガサキの地に斃《たふ》れたる少年少女も靖國《やすくに》の神

シベリアに抑留されて亡くなりし人らもあまた、靖國《やすくに》の神

国が命じ国のためにと斃《たふ》れしを、日々の祭りに言はぬ罪深し

年収が一千万円余《よ》と誇る前に、ひざまづくべき悲しみを知れ

遺族らの財を貪《むさぼ》る咎人《とがにん》も殺《あや》むなかれと、遺族らは言ふ

手風琴《アコーディオン》を奏づる傷痍《しやうい》軍人に小遣ひを渡しぬ、遺児の従兄は

いくたびも御代《みよ》は代《か》はれど、遺族らの悲しみ癒ゆる日に時効なし

走錨《そうべう》の舫舟《はうしう》

夜をこめて降りしく秋の雨の音、聴くは昔の人のかなしみ

伝統も正統も今、軽薄の汚泥の河に飲まれ消えゆく

海行かば水漬《みづ》く屍《かばね》とうたひたる、こころざしをも亡ぼすは誰

いさぎよさ、こころざしまたいさをしさ、国に尽くさむまごころに生《お》ふ

否応なく死にたる人が幽世《かくりよ》に叫び荒《すさ》びて、なすが災ひ

つかの間の平和のときはくづれゆき、日本国丸の走錨《そうべう》の疾《と》き

泥船《どろぶね》の泥の船底水しみぬ、この日本丸を下船するは誰

富める者と貧しき者の格差こそ、国の地滑り国の走錨《そうべう》なれ

とめどなく石油を使ひつづけゆく、その限界を示せ物理学徒は

メルトダウンその実験をせざる故、汚染広がりぬ半永久的に

放射能を手づかみできぬ科学者の罪をこそ問へ、改元の日に

近代はつひに、未来を搾取する文明に堕《お》ちきと知るが国債

歴史とは搾取と被搾取のせめぎ合ひ、さう断ぜねば反転できぬか

壊滅の工業文明の底ひから萌《も》ゆるものありや、葦牙《あしかび》のごと
幾万の流るる民の渡り来る、海の守りをいかにとやせむ
木なき山草なき平野、貧しきは人を養ふ土の死にたる
暮れてゆく空のはたてに君います望みも断たれ、闇に泣くのみ

眼鏡手にただ笑みたまふ父の立つ夢に覚むれば、吾子《あこ》が泣きゐる

男踏歌女踏歌

勿　勿　勿　勿　勿　勿　六
婧　變　嫌　毀　怠　妄　勿
拂　儉　欟　晨　梲　丙　銘
拭　勤　食　興　賊　王

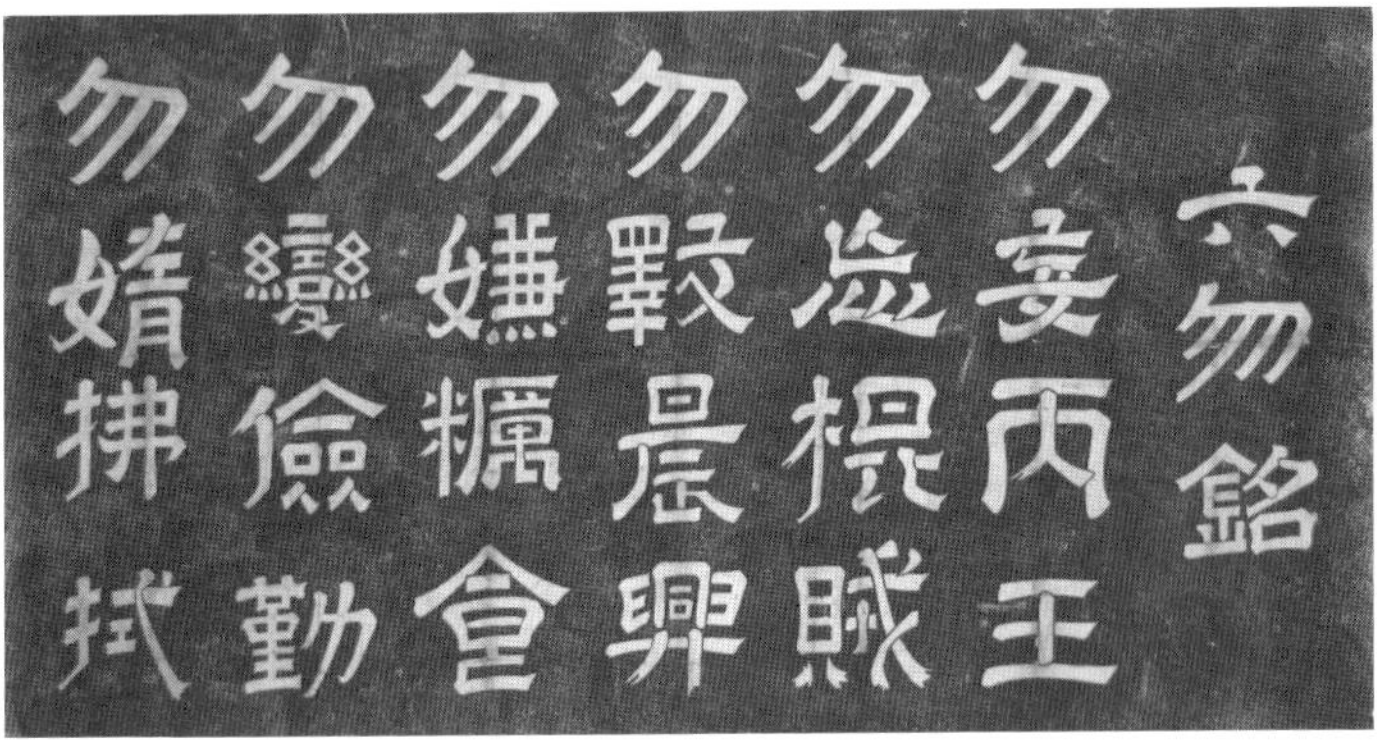

【前ページの写真】

石川丈山（いしかはぢやうざん）筆「六勿銘（りくぶつのめい）」拓本。

丙王（屁＝へ）を妄（みだ）りにする勿（なか）れ

棍賊（こんぞく＝盗人）がゐるのを忘るる勿れ

晨興（しんこう＝早起き）を斁（いと）ふ忽れ

糲食（れいしょく＝粗食）を嫌ふ勿れ

倹勤（節約勤勉）を変へる勿れ

拂拭（ふっしき＝掃除）を婧（おこた）る勿れ

挽歌《ばんか》

身余堂《しんよだう》の山門に立ち来者三打《らいしゃさんだ》の銅鑼《どら》を叩《たた》けば、をーっと答へられき

先生の生家捜して疲れけり、ジャズ流れきて頼むビーフカレー

名も知らぬ草の芽吹きを見つめゐて、再び会へぬ君を思へり

声上げて生きよ生きよと叫びたる、聖者の如き人は死にたり

歌よめば仕合せが来る、五十年もの昔の友の面影がたつ

歌よめば仕合せが来る、あらためて生きむと目覚む心生まるる

賢《さか》しらなことばこころを投げ捨てむ空の青さよ、君たちが坐《ま》す

雨まぢり雪降る山路尋ねきて小春日和と告ぐ、病み伏す君に

宇宙には数へきれない浮遊する塵《ちり》ありと聞く、塵にならむか

風吹かば青葉の語る遠き日の御祖《みおや》の願《ね》ぎし、ことを聞かばや

ぬばたまの闇の向ふも闇深し、ためらひがちに踏み出す一歩

降りしきる雨のも中にうづくまり、吐きしことばも泥流の中

精一杯生きてきたのか、冬を呼ぶ雲の重きに止《や》めしわが問ひ

方一尺わが立つ位置のたよりなさ、行き交ふ人はなべて黙せり

風に揺れざはめく大き木々間より夕日射し来ぬ、端居《はしゐ》の我に

長歌

昭和六十四年一月七日

鳴る神の、音もとどろに、大君の、病み伏したまふ、知らせをし、聞きておろおろ、玻璃《はり》の戸を、開けて見さくる、なが月の、空は小暗《をぐら》く、雨雲の、重なり行かず。天地《あめつち》の、神てふ神の、嘆きます、厳《いつ》のしじまを、割《さ》き断ちて、霰《あられ》降りくる、あやしさに、魂《たま》も氷れる、夕日のくだち。

鳥が鳴く、東に向かひ、只管《ひたすら》に、這《は》ふ虫のごと、手をすりて、乞ひのみまをす、もとのごと、御体《みま》健やかに、治したまへ、癒したまへと。言《こと》の葉《は》に、幸《さき》はふ神は、とく来《きた》りませ、朝明けぬまに。

床《とこ》の辺《べ》に、薬師《くすし》がわざを、不知火《しらぬひ》の、尽くしし日かず、百日まり、十日をすぎて、朝日影《あさひかげ》、陰《かげ》る睦月《むつき》の、七日てふ日、神上《かむあ》がりましき。岩のごと、黙したるまま、よろぼいて、宇治橋渡り、拆《さ》くくしろ、五十鈴《いすず》の川の、瀬々の音、遠く聞きつつ、天駆《あまが》けります、恐ろしき、御幸《みゆき》なるかと、老杉《おいすぎ》に、取りすがりけり、五百枝《いほえ》の杉に。

西の方、遠くヨルダンの、国主は、三日の朝宵《あさよひ》、喪《も》に居ると、告げて来《きた》れる、かしこさに、流るるものを、塞《せ》きあへず。弔《とむら》ひの、旗に流せる、黒きひれ、垂るるを見つつ、大君の、亜細亜《アジア》の上に、置きましし、高き望みを、栂《つが》の木の、いやつぎつぎに、子も友も、ともに伝へむ。夜もすがら、降りて止まざる、冬の雨に、身をばすすぎて、われも伝へむ。

反歌

大君の都の方を望まむと吾子《あこ》と来れり、志摩《しま》の海辺に

御食《みけ》つ国志摩《しま》の浦回《うらみ》の冬の雨、遠き御幸《みゆき》の御先《みさき》参らせ

この見ゆる海原さへも大君の、踏み立たせける跡とこそ聞け

雑歌《ざふか》

文学はすべて虚構と教はりし人生の底ひに、孩語《あぎと》うて来し

こだはりが人生をまげる、さうだらうごろんと腹を見せてゐる猫よ

お茶の水の駅のホームの群雀《むらすずめ》、いづくにもあるか安らぎの庭

東京の曇り空ゆく黒き鳥、さぶしき春と我も思へり

生気なき人の群れかと思ひつつ、その中にゐる一人か我も

もう少しお金があったらと目を閉ぢぬ、このさもしさを恥づくり返し

かさをなる空に浮かべる赤とんぼ、その軽やかな前進を我に

肩こりて首をめぐらせ見上ぐれば、名張《なばり》の駅の上に満月

鳥が鳴く虫が鳴いてゐる、人々の足音がある外宮《げくう》は夜明け

詠《よ》み捨てし歌はいつしか冬の日の枯葉のごとく、行方知られず
目に見ゆる現存《うつつ》の裏に幽《かく》り世《よ》が支へつづけむ、君が未来を
過去よりも未来が良いと言ふならば、過去も未来の良き日と思へ
来世《らいせ》なく天国地獄それもなし、わが憩《いこ》へるはその草陰《くさかげ》か

ひと皮を剥《は》げば骸骨《がいこつ》、我死せば草のこやしと埋めて忘れよ

心《うら》や裏浦《うらうら》と同じく入り組みて捉《とら》へられねば、卜《うらな》ひをせむ

やがてゆく同じ黄泉路《よみぢ》と思ほへど、心にかかる国の行末

相聞《さうもん》

ふつふつと湧き出《い》づることばふつふつと湧き出づる思ひ、恋と言はなくに

長々《ながなが》と車輌《しやりやう》のきしみに耐へてゐる線路のごとく、君と生きむか

しみじみと聞き入る春の雨の音、いつしか人を恋うか深くも

二人して辞世《じせい》を詠《よ》まう、二人して同じき時に身まかれぬ故《ゆゑ》

なにげなく駅のホームの階段の日溜《ひだま》り見つつ、君を思へり

いつまでも肌の温《ぬく》みをくり返し思ひ出でつつ、黄泉路《よみぢ》を行くか

梅椿赤き蕾《つぼみ》のふくらみぬ、花陰《はなかげ》に立つ面影の人

雨降らば弥生《やよひ》の春のつややかな夜ぞ待たるる、桜の君と

梃子《てこ》はなく発条《ばね》もないこの一世《ひとよ》ゆゑ、力となるは君がまなざし

はつなつの楠若葉《くすわかば》萌《も》ゆる静けさに息をひそめき、なべてを忘れ

はつなつの萌ゆる若葉のまばゆきに目を閉ぢて見る、君が笑まひを

吹く風にささやかに咲く浜あざみ、深き思ひに刺すやむらさき

堂鳩《どばと》鳴け苦しき恋を笑ひ鳴け、今にも降らむ三月の雨

高千穂夜神楽《たかちほよかぐら》

スサノヲの神のすさびのわざを舞ふ、白き面《おもて》に通ふ赤き血

何気なくそらぞらしくも舞ふウヅメ、人のこころをとらへつくせり

日の神を出《い》だしまつると手力男神《たぢからを》の面《おもて》に力満ちたり

高千穂《たかちほ》の空の青さよ雲わたる空の深さよ、神さぶと言ふ

霧島の山なみ深く夕暮れぬ、飫肥杉《おびすぎ》ばかり群立《むらた》つ道に

霧島の霧雨《きりさめ》深く立ちこめぬ、しみじみ思ふ国の行末

あとがき

平成と改元されて三十年余《よ》、この間あまたの災害に襲はれました。地震災害の深刻なものだけでも次の通りです。

平成六年　十月四日　北海道東方沖地震
同　七年　一月十七日　阪神・淡路大震災
同　十六年　十月二十三日　新潟県中越地震
同　十九年　三月二十五日　能登半島地震
同　同　七月十六日　新潟県中越沖地震
同　二十三年三月十一日　東日本大震災
同　二十八年四月十四日　熊本地震
同　三十年　六月十八日　大阪府北部地震

同　同　九月六日　北海道胆振東部地震

地球にもともと内在する地殻変動と考へて思考を停止してしまふのか、あるいは環境破壊の影響によると分析しようとするのか、さまざまな見解が地震や自然災害に対して毎日のやうに語られてゐます。私は神職（神主）として久しく神々に仕へてきましたので、少し別の考へをしてゐます。神道教学（神道神学）がどのやうに解説するのか、不勉強のため存じませんが、私が教はってきた国学やそれをもとに構築された思想からしますと、このやうな天変地異が起こるのは、神々に対する不敬や神々をお祭りすることの不備不足が原因と考へます。

現実《うつつ》（現世《うつしよ》）は目や手でとらへられる世界であるのに対して、その裏側に隠《かく》り世《よ》（幽界）があり、そこにまします神々が言はば表の、現世を支へ、動かしてゐるといふ考へ方を私どもは重んじてきました。つまり、神々を丁重に祭らなければ、恐ろしい不測の災害が惹《ひ》き起こされると考へるとき、お祭りに直接かかはる人々の責務はきはめて重いものでせう。

伊勢の神宮では年間千五百回以上ものお祭りが行はれ、さらに二十年に一度のわが国最大のお祭り、神宮式年遷宮を行ひ、天照大神《あまてらすおほみかみ》の神威《しんゐ》がますます盛んになるよう祈ってゐます。神宮のお祭りのことを「天皇祭祀」と説きますのは、天照大神《あまてらすおほみかみ》が歴代の陛下にとって「皇祖神《くわうそのかみ》」、つまり遠いご先祖の神に他ならず、そこでのお祭りの主体者は陛下御《ご》一人《いちにん》であり、神宮祭主や神宮大宮司が言はば陛下の大御手《おほみて》に代はって奉仕してきたことを意味します。神宮はわが国最大の神事組織を古代以来発達させてきました。そこでの祈りは陛下の大御心《おほみこころ》を体《たい》してのもので、国家国民の平安と繁栄を祈ることが主眼です。

この伊勢の神宮に対して、わが国で最も多くの神々をお祭りしてゐる神社が靖國《やすくに》神社です。幕末以来先の大戦まで、国がお祭りすると決めた人々について、神社から上奏簿にその方たちの氏名や死没地を浄書してお届けし、歴代の陛下にお認めいただいた上で、招魂祭《せうこんさい》を行ひ、靖國《やすくに》神社のご祭神としてお祭り申し上げてきました。現在ご祭神は二百四十六万余柱《よはしら》を数へます。昨年（平成三十年）十月にも陛下にお認めたまはり、五柱の大東亜《だいとうあ》戦争戦死者の神霊《みたま》が合祀《がふし》されました。ご祭神の九割以上つまり、二百万柱以上の方々が大東亜《だいとうあ》戦争の戦中戦後を問はずお祭りされ、その調査が今も続いてゐる結果、毎年のやうにご祭神が増えてゐます。
靖國《やすくに》神社は明治天皇のご発意で、明治二年（一八六九）六月二十九日東京招魂社として創建され、明治十二年六月四日に別格官幣社、靖國《やすくに》神社となり、規模を大いに改めました。かつて、天皇陛下と国家は一体のものと国民は信じてゐましたから、軍人でなくとも国のために斃《たふ》れたとその時の国家が判断すれば、靖國《やすくに》神社は上奏簿をもって陛下にお伺ひした上で、ご祭神となる方々の合祀祭《がふしさい》を行ってきました。この故に明治、大正、昭和の歴代の陛下は都合三十七回のご参拝（御親拝）をされ、御名代によるご参拝も三度ありましたが、昭和五十年十一月二十一日、天皇皇后両陛下のご参拝を最後に今日まで陛下のご参拝は行はれてゐません。当時の国会での執拗な質問は官報を見るかぎり、その後のご参拝のご意思を萎《な》えさせる内容でした。しかし、陛下がご参拝されますことは、かつて天皇と国民の間に存した「黙契」に拠《よ》ることに他《ほか》ならない故、平成の御代《みよ》に一度のご参拝もなかったことは不審としか言ひやうがないと小堀桂一郎氏が指摘されてゐます。（平成三十年十二月十三日刊『別冊正論33』所収小堀桂一郎著『御親拝への障礙は除去出来てゐる』）
この四十五年間に陛下のご参拝が可能となるやうな言論や運動を責任当体たる単立宗教法人靖國《やすくに》神社が行ってきたか否か、ご祭神の前に厳しくお詫びしなければならないと思はれます。なほ、同神社の国家護持問題とご参拝の有無とは区別して考へなければなりません。

二百四十六万余《よ》柱のご祭神は、この四十年余《よ》、陛下のご参拝のなかったことをどのやうに思はれてゐるのでせうか。改元ののちも私どものできるささやかなことは、ご神前で私どもが生きてゐる限り、ご祭神となった神霊《みたま》に語りかけ、慰め申し上げることしかないやうに思はれます。そして、昭和七年に神社の手で公刊された『靖國《やすくに》神社祭神祭日暦略』の続篇を公刊する責務を早急に果たさなければなりません、それが、どれほどの大部になろうとも、祭神名を公開するのは、神社の責務ですから。

フィリピン・ルソン島で爆弾を抱へて敵戦車に突撃して、三十八歳の吉田正氏は昭和二十年七月に戦死され、遺骨もないまま、靖國《やすくに》神社にお祭りされることになりました。「どこにゐても、お父さんはお前のことを見守ってゐるよ。寂しくなったら靖國《やすくに》神社に会ひに来なさい」。このことばを最後に、八歳の尚代《たかよ》さんは父上と別れることになりました。この本間尚代さんと一緒にご神前で神霊《みたま》に語りかけてくださる人が一人でも多くなることを私は終生念願します。本間さんは亡き父上にお会ひするためにお参りされてきた、この上なく清らかな真心の人です。本間さんに出会へたことは私の今生の幸ひの最たるもののひとつです。次の私の詩は、本間さんとともに神前に唱へつづけるものです。

詩　靖國《やすくに》神社の神前にて

（現代仮名遣）

あなたは見ようとしないのでしょうか。

二百四十六万余柱《よはしら》の神霊《みたま》が、あなたと同じように
生きていることを。
歩いたり、時には走ったり、笑い合ったり、一人で
叫んだり、涙を拭《ぬぐ》っていることを。
これが最後かもしれないと思いながら、別れのこと
ばや思いを伝えようとしていることを。

あなたは目を逸《そ》らしてはならないのではないですか。

あなたより若い少年や少女が、大人になるまでもなくこの世を去らねばならなかったことを。

草葉《くさば》の陰《かげ》に安らぎ憩う神霊《みたま》となり、やがてこの社《やしろ》に迎えられて神となっていることを。


あなたが日の丸の小旗をうち振るとき、二百四十六万余柱《よはしら》の神霊《みたま》たちもうれしげに小旗をうち振っていることを。

だれかが万歳を唱えると、二百四十六万余柱《よはしら》の神霊《みたま》たちも喜びをあらわに万歳を唱和していることを。

私には聞こえます、神霊《みたま》たちが涙ながらに言いかわしている言葉が。
天寿《てんじゅ》を全《まっと》うすることのかなわなかった神霊《みたま》たちが、その命の上に堂々と明るく生きてくれよと願っている言葉が。

神前に額突《ぬかず》くとき、いつも神霊《みたま》たちのささやきが止《や》まり、無音の時空の中でじっと私を見つめている。二百四十六万余柱《よはしら》の目《ま》まなざしに「申訳ありません」と伝えるよりほかに言葉がありません。

どうか、どこのだれであってもよい、ここに頭《こうべ》を垂《た》れて、神霊《みたま》たちに話しかけてほしいのです。

あなたがたの悲しみのおかげで、今があることを。

今もこれからもあなたがたを忘れはしないと。

吉田正之命《のみこと》は靖國《やすくに》神社の神霊《みたま》として永遠に鎮まりたまふことを国家が求め、昭和天皇陛下がお認めになられ、合祀祭によってご祭神となられました。しかし、ご家庭に於いても同命はお祭りされてをられるでせう。どこが違ふのでせうか。靖國《やすくに》神社の同命は、同社を永遠の「静宮《しづみや》の常宮《とこみや》」（祝詞《のりと》の一節）となさいますやうにと国家と陛下によってお祭りされることになりました。ご家庭の同命ともとは同じ人でありながら、祭る主体者によって、祭られる人の神霊《みたま》のありやうも異なるといふことです。わが国の特殊な霊魂観では、ひとつの御霊《みたま》から、いくつもの御霊《みたま》を分祀し、中には神としてお祭りする場合もあるといふことです。この霊魂観は、神の場合も同じ考へ方に基いてきました。

天照大神《あまてらすおほみかみ》をお祭りするのは、伊勢の皇大神宮《くわうたいじんぐう》（内宮《ないくう》）だけではありません。おそらく北から南まで多くの神社で同神はお祭りされてゐるでせう。しかし、伊勢の神宮で同神をお祭りされるのは、歴代の陛下御一人《ごいちにん》に限ってのことであるのに対し、他の神社ではその地の宮司が同神をお祭り申し上げてゐます。ここに同じ神を誰がお祭り申し上げるかによって、その神の働き、神威《しんゐ》も大きく異なるといふことが明らかでせう。靖國《やすくに》神社にお祭り申し上げることになった神霊《みたま》はいづくへも行かれることなく、ただただ悲しくも、御親拝を静かにお待ち申し上げてゐると私には感ぜられます。

親兄弟たちとの死別、妻や子、友人や恋人たちとの永別、身を切られるやうな、二百四十六万余《よ》の別離を忘れてはこの国の行末を支へる道義は生まれないでせうし、拉致被害者とその家族が味はひつづけてゐる苦しみのごく一部分を共にすることすらかなはないことと思はれます。

走錨《そうべう》の令和を千古の正位に復し、正気正統の王道を新たに恢弘《くわいこう》することができるとすれば、近代百五十年の辛酸の歴史に沈んで行った幾百千万の人柱の悲しみをわが身の悲しみとする覚悟を措《お》いて他に正道はないのではないでせうか。

追記　表紙カバー・口絵の人たち

表紙カバーと本文各章の口絵に登場した人たちについて、少し補足します。伴林六郎光平《ともばやしろくらうみつひら》、松尾芭蕉《まつをばせを》、大石内蔵助《おほいしくらのすけ》、乃木希典《のぎまれすけ》、石川丈山《いしかはぢやうざん》。この五人に共通するのは、皆が武士であり、しかも、長岡藩牧野家家訓の「常在戦場」の域を越えて、後世敬仰される功績を遺した方たちです。そこに通底する覚悟は忠義です。文楽の主テーマでもある忠義を措《お》いて、令和の代にわが国の盤石の進攻はあり得ません。

伴林六郎光平《ともばやしろくらうみつひら》（一八一三～一八六四）は文久三年（一八六三）八月、大和五条で天忠（誅）組の攘夷倒幕の挙兵に参加しましたが、義挙に敗れ、光平《みつひら》も奈良の奉行所で取り調べを受けることになり、その獄中で『南山踏雲録《なんざんたふうんろく》』を執筆し、義挙の顛末《てんまつ》を記しました。その後、京都・六角の獄に移され、文久四年二月十六日、刑死しました。享年五十二歳。

保田《やすだ》與《よ》重郎《じゆうらう》著『南山踏雲録』は昭和十八年、小学館から刊行されました。

この表紙カバーの絵は、残された他の人物像から見て、少し老《ふ》けすぎではないかと思はれます。ただ、苦しい戦況にあっても風雅を忘れなかった光平《みつひら》の覚悟が伝はってきます。絵に添えられた歌「身を捨てて千代は祈らぬ大丈夫《ますらを》もさすがに菊は折りかざしつつ」の意味は、次の通りです。

九月九日の重陽《ちょうやう》の節句には、いつもならば長寿を祈るところだが、今は陣中に身を置き、生還を期することのない丈夫《ますらを》として転戦してきたところ、菊の節句（光平《みつひら》の誕生日でもある）は朝廷では雅宴を催すこともあらう日故、せめて菊の一枝でも折りかざし、本朝志士の風雅を示さうではないか。

なほ、光平《みつひら》は明治二十四年（一八九一）十二月に従四位を贈られ、靖國《やすくに》神社に合祀され、ご祭神となられました。

「狐の嫁入り虎が雨」の口絵に載せた松尾芭蕉《まつをばせを》（一六四四〜一六九四）の句は、元禄元年（一六八八）、四十五歳の折、高野山に詣でての追善の句。行基菩薩《ぎゃうきぼさつ》（六六八〜

七四九）の「山鳥のほろほろと鳴く声きけば父かとぞ思ふ母かとぞ思ふ」の歌を念頭に置いての作かと言はれます。句碑は池大雅（一七二三～一七七六）の優美な筆になり、高野山奥の院に安永四年（一七七五）に建立されました。

芭蕉《ばせを》は元禄七年（一六九四）十月十二日、大阪で五十一歳の生涯を終へ、近江の義仲寺《ぎちゅうじ》に運ばれ、十四日埋葬、「芭蕉《ばせを》翁」の塚が築かれました。この義仲寺の無名庵《むみやうあん》六世となった塩路《しほじ》沂風《そふう》が、奥の院に句碑を建立したその人です。

大石内蔵助良雄《おほいしくらのすけよしたか》（一六五九～一七〇三）は、浄瑠璃・歌舞伎脚本の「忠臣蔵」で有名となった赤穂浪士の首領。元禄十四年（一七〇一）、主君浅野《あさの》長矩《ながのり》が江戸城中で吉良《きら》義央《よしなか》を傷つけ、切腹を命じられて領地を召し上げられると、浅野家の再興をはかったが受け入れられず、元禄十五年十二月十四日、赤穂義士四十六人とともに江戸本所吉良邸に討ち入り、仇《あだ》を討ちました。翌年二月四日に切腹し、泉岳寺に葬られました。享年四十五歳。

元禄九年に描いた「大黒様」は絵筆を誰かに習って描いたやうです。ただ、表情に福福しさが乏しく、千両箱もいびつなので、五年後の事件を暗示してゐるやうに思はれます。

臨済宗の豪僧として知られる中原南天棒《なかはらなんてんぼう》（一八三九〜一九二五）が描いた富嶽図《ふがく》に付いた「讃」は、乃木希典《のぎまれすけ》陸軍大将（一八四九〜一九一二）が揮毫《きがう》したかのやうに見えますが、恐らく乃木《のぎ》将軍の草稿を入手して（または、いただいて）貼り込んだもののやうです。この草稿は韻を踏んでゐませんが、推敲後に完成した七言絶句は有名なものです。押韻は秋、州、州、となってゐます。

崚嶒富嶽聳千秋
赫灼朝暉照八州
休説區區風物美
地靈人傑是神州

崚嶒《りようしよう》たる富嶽、千秋に聳《そび》ゆ
赫灼《かくやく》たる朝暉《てうき》、八洲を照らす
説くを休《や》めよ、區區《くく》の風物の美を
地靈人傑《ちれいじんけつ》、是《こ》れ神州

高く美しい富士山は、千年も変はらぬ姿で聳《そび》え、光り輝く朝日は、この峰より昇り、日本（八州）を照らすのだ。あれこれと風景の美しいことばかり言ふのはやめよう。土地がらも人物もすぐれてゐるのが日本の神州たる所以《ゆゑん》だ。（大意）

乃木《のぎ》将軍は、日露戦争では第三軍司令官として旅順を大激戦の末陥落させました。のちに学習院長に任ぜられ、大正元年（一九一二）九月十三日、明治天皇大喪の日に東京・赤坂新坂町の自邸で妻静子とともに殉死、享年六十四歳でした。『かたくなにみやびたるひと』（平成三十年十一月三日、乃木《のぎ》神社総代会編著、展転社刊）を参照。

石川丈山《いしかはぢやうざん》（一五八三〜一六七二）は、通称嘉右衛門《かゑもん》。彼が生涯の心得として記したのが「六勿銘《りくぶつのめい》」です。

丈山《ぢやうざん》は少年期より徳川家康の近侍として仕へました。各地に転戦、武勲を挙げて、主君よりいたく愛されましたが、大坂夏の陣の際、抜け駆けして敵将の首を獲ったため、軍律を犯したとあって譴責《けんせき》を受けました。彼は直ちに禄を辞して上洛、剃髪《ていはつ》して、儒学者・藤原惺窩《ふじはらせいくわ》の門に学ぶことにしました。時に三十五歳。

以後、俗客を避けて一乗寺村の詩仙堂で清談の日々を暮らし、寛文十二年（一六七二）五月二十三日、悠々自適の生涯を終へました。享年九十歳。

小堀邦夫（こほり・くにお）
昭和25年、和歌山市生まれ。京都府立大学文学部卒、皇學館大学大学院国史学専攻課程、國學院大學神道学専攻科終了。文学修士。伊勢神宮に奉職、神宮禰宜として綜合企画室長、広報室長、祭儀部長、せんぐう館初代館長などを歴任。平成八年三月、米ハーバード大学に招かれ、「神道とエコロジー」のシンポジウムで「神宮の本質（yayoi-replicater）」と題して講演。神職身分、特級・浄階。
靖國神社第十二代宮司。
著書に詩集『魂の原郷』（PHP研究所）、『伊勢神宮』（保育社カラーブックス）、『天へのかけはし』（JDC）、『伊勢神宮のこころ、式年遷宮の意味』（淡交社）。論文・著作に「式年遷宮の諸問題に関する整理と検討」「稲のチカラ」「ケガレの生死」「ニヒナへの分化と発達」「一年日詩・ほくほく改元万世開運詩集」など。

歌集　**走錨《そうべう》の令和《れいわ》**

令和元年（2019）6月4日　初版発行

著　者　小堀 邦夫
発行者　伊藤 由彦
発行所　株式会社 梅田出版
〒530-0003　大阪市北区堂島2-1-27
電話 06-4796-8611
編集・制作　朝日カルチャーセンター
〒530-0005　大阪市北区中之島2-3-18
中之島フェスティバルタワー18階
電話 06-6222-5023　Fax 06-6222-5221
https://www.asahiculture.jp/nakanoshima
印刷所　尼崎印刷株式会社

ISBN 978-4-905399-56-8
定価はカバーに表示してあります。落丁・乱丁はお取り替えいたします。

本書は、書き下ろしです。